Jack and the Beanstalk

Juan y los frijoles mágicos

retold by Carol Ottolenghi   illustrated by Guy Porfirio

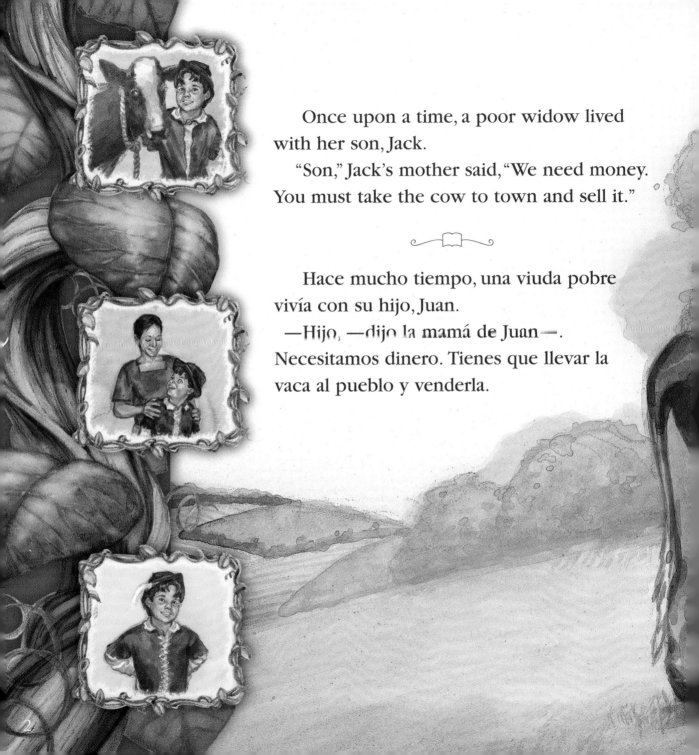

Once upon a time, a poor widow lived with her son, Jack.

"Son," Jack's mother said, "We need money. You must take the cow to town and sell it."

⌖

Hace mucho tiempo, una viuda pobre vivía con su hijo, Juan.

—Hijo, —dijo la mamá de Juan—. Necesitamos dinero. Tienes que llevar la vaca al pueblo y venderla.

Jack was halfway to town when a man stopped him.

"Jack," said the man, "I will give you five magic beans for your cow."

Jack traded the cow for the beans. He went home, very pleased with the deal.

Juan iba a mitad de camino hacia el pueblo cuando un hombre lo detuvo.

—Juan, —dijo el hombre—, te daré cinco frijoles mágicos a cambio de tu vaca.

Juan cambió la vaca por los frijoles, y se fue a casa muy complacido con el trato.

Jack's mother was not pleased.

"There are no such things as magic beans!" she cried.

Angrily, she threw the beans out the window.

"Now, we have no cow and no money!"

La mamá de Juan no estaba contenta.

—¡No existe tal cosa como frijoles mágicos! —gritó ella.

Enojada, tiró los frijoles por la ventana.

—Ahora, no tenemos ¡ni vaca ni dinero!

When Jack woke the next morning, he looked out his window. A thick beanstalk stretched up to the clouds.

"They were magic beans," he whispered.

Without waking his mother, Jack climbed the beanstalk. At the top, he saw a castle.

A la mañana siguiente, cuando Juan se despertó, miró por la ventana. Un grueso tallo de frijoles subía hasta alcanzar las nubes.

—Eran frijoles mágicos, —susurró.

Sin despertar a su mamá, Juan se trepó por el tallo. En la cúspide, vio un castillo.

Jack knocked on the castle door. A giant woman opened it.
"Do you have any work I can do for food?" asked Jack.
Thud! Thud! Thud!
"It is my husband. Hide so he does not eat you."

Juan llamó a la puerta del castillo, y una mujer gigante le abrió.
—¿Tiene algún trabajo que yo pueda hacer a cambio de comida?
—preguntó Juan.
¡Cataplum!, ¡cataplún!, ¡catapum!
—Es mi esposo. Escóndete para que no te coma.

The giant came in. He said, "Fee, fi, foe, fum! I smell the blood of an Englishman!"

"Do not be silly," his wife said. "You smell breakfast."

After he ate, the giant began counting his gold. He soon fell asleep.

El gigante entró y dijo, —¡Ummm! ¡Ñam! ¡Ñam! ¡Huelo la sangre de un inglés!

—No seas tonto, —dijo su esposa—. Lo que hueles es el desayuno.

Después de comer, el gigante comenzó a contar sus monedas de oro. Pronto se quedó dormido.

Just a little gold would feed mother and me for a long time, Jack thought. He snatched a small bag and climbed down the beanstalk.

«Solo unas cuantas monedas de oro nos daría de comer a mi madre y a mi por mucho tiempo», —pensó Juan. Tomó una pequeña bolsa y bajó por el tallo.

Jack told his mother where he got the gold.

She said, "Those giants robbed us of that gold and two treasures. They killed your father."

Juan le contó a su mamá dónde había conseguido las monedas de oro.

—Esos gigantes nos robaron ese oro y dos tesoros, —dijo ella—. Ellos mataron a tu padre.

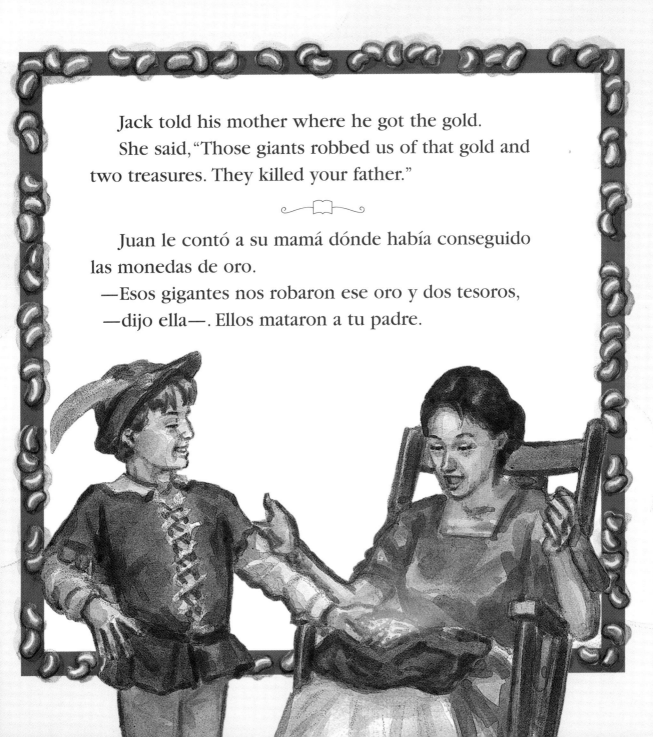

The next morning, Jack climbed the beanstalk again. He banged on the castle door. The giant woman peered down at him.

"Are you the thief who was here yesterday?" she demanded.

A la mañana siguiente, Juan trepó el tallo nuevamente y tocó a la puerta del castillo. La mujer gigante lo escudriñó.

—¿Eres tú el ladrón que estuvo ayer aquí? —preguntó.

"I am no thief," Jack said.

Thud! Thud! Thud!

"It is my husband. Hide so he does not eat you."

The giant came in. He said, "Fee, fi, foe, fum! I smell the blood of an Englishman!"

"You smell breakfast," said his wife. "Eat while it is hot."

———◦◦◦———

—No soy un ladrón, —dijo Juan.

¡Cataplum!, ¡cataplún!, ¡catapum!

—Ese es mi esposo. Escóndete para que no te coma.

El gigante entró y dijo, —¡Ummm! ¡Ñam! ¡Ñam! ¡Huelo la sangre de un inglés!

—Lo que hueles es el desayuno, —dijo su esposa—. Come mientras está caliente.

After he ate, the giant brought out a goose.

"Lay!" the giant roared.

The goose laid a golden egg on the table. The giant's eyes began to hurt from looking at the shiny gold. So, he shut them.

Después de comer, el gigante sacó un ganso.

—¡Pon un huevo! —rugió el gigante.

El ganso puso un huevo de oro sobre la mesa. Los ojos del gigante comenzaron a dolerle al mirar el brillo del oro. Así que los cerró.

As soon as the giant fell asleep, Jack grabbed the goose. Then, he quickly slid down the beanstalk.

Tan pronto como el gigante se durmió, Juan agarró al ganso. Luego, se deslizó rápidamente por el tallo.

Jack knew it was risky to go back to the castle. The next morning, before his mother woke, he climbed to the castle. This time, Jack hid in a washtub.

Soon, he heard, Thud! Thud! Thud!

Juan sabía que era peligroso regresar al castillo. A la mañana siguiente, antes de que su madre despertara, subió al castillo. Esta vez, Juan se escondió en una tina.

Pronto escuchó, ¡cataplum!, ¡cataplún!, ¡catapum!

The giant came in. He took one sniff and said, "Fee, fi, foe, fum! I smell—"

"You certainly do," interrupted his wife. "That little thief is probably hiding in the cupboard."

But Jack was not there.

After breakfast, the giant got out a golden harp. "Play!" he roared.

El gigante entró, husmeó una vez y dijo—: ¡Ummm! ¡Ñam! ¡Ñam! ¡Huelo…

—Sin duda, —interrumpió su esposa—. Ese pequeño ladrón probablemente esté escondido en el armario.

Pero Juan no estaba ahí.

Después del desayuno, el gigante sacó un arpa de oro. —¡Toca! —rugió.

The beautiful harp music put the giant to sleep. Jack
grabbed the harp, and it screamed, "Master! Master!"
The giant woke and ran after Jack.

La hermosa música del arpa hizo dormir al gigante. Juan
agarró el arpa y esta gritó—: ¡Maestro! ¡Maestro!
El gigante se despertó y salió corriendo detrás de Juan.

Jack scrambled down the beanstalk to his mother.

He grabbed an ax and whacked at the stalk until it snapped in two. The giant and the beanstalk crashed to the ground.

And that was the end of the giant.

Juan bajó con dificultad por el tallo hasta donde estaba su madre.

Agarró un hacha y golpeó el tallo hasta que se rompió en dos. El gigante y el tallo se estrellaron contra el suelo.

Y ese fue el final del gigante.

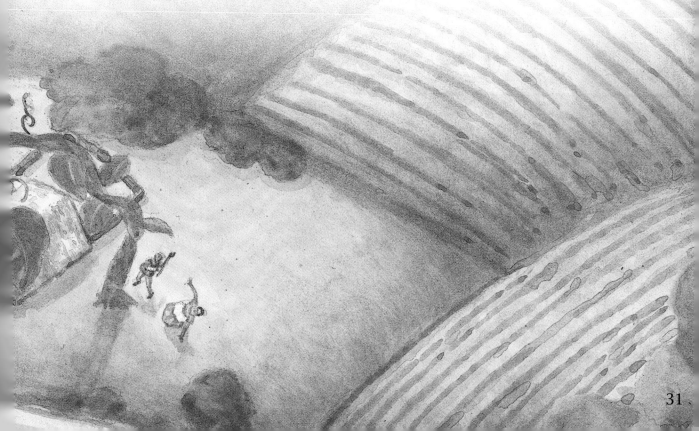

Jack, his mother, the goose, and the harp lived happily ever after.

Juan, su mamá, el ganso y el arpa vivieron felices para siempre.